رواية

هوس الشعر الطويل

تاجر الجثث

د. جُمان الريحاني

إهداء..

إهداء إلى عشاق الشعر الطويل

إهداء إلى عشاق الحكايات والقصص الغريبة

إهداء إلى عشاق عالم الخيال

إهداء إلى حماة الحق والحرية

جمان الريحاني

مدينة نيس الخلابة

حدث قديما في مدينة فرنسية عريقة حيث الموضة والجمال والأناقة

حيث الرقي واللباقة

حيث الرجال وسماء والنساء مؤدبات ولبقات

حيث العطور والأزياء

كانت تلك المدينة كأنها مدينة الكمال

تهتم بالكمال وكأنها تحفة فنية متكاملة الأطراف

لها زوايا هندسية متناظرة وأضلع متوازية

لها أطوال متماثلة وأحجام منتظمة

حيث الهدوء حين يلزم الهدوء فتسمع صوت وقوع إبرة على الأرض إن وقعت.

حيث الموسيقى رومانية ولا صخب في الأجواء

إنها مدينة لها كيمياء عالية تتناغم مع الناس بكل تجانس تناسب

مدينة يمكنها أن تصبح حبيب أي شخص باختلاف الأشخاص

مدينة تحتوي الناس فتجعلهم مثلها وإن كانوا في اختلاف

مدينة ساحرة بكل المقاييس

حيث يمكن للطعام أن يصنع لك ذكريات جميلة بالأذواق المختلفة

وحيث يمكن للروائح أن تنعش ذاكرتك كلما مررت بحقل للأزهار أو بستان لأشجار الفاكهة

يمكن للروائح أن تجعل روحك تعيش في ربيع شباب دائم

إنها مدينة نيس الخلابة

الشعر المستعار

عندما ظهرت موضة الشعر المستعار ونظرا لإقبال الناس عليها المحتاجين لها فعلا أو حتى بالنسبة للذين يحبون التغيير

فقد كان للشعر المستعار جمهور خاص ومتنوع وكبير وبمختلف الاحتياجات أو الأسباب

فقد كان هناك من هو في حاجة له فعلا سواء كان فقيرا أو غنيا وهناك من يسعى لاقتنائه من شدة الثراء

أو لأسباب زينة وتباهي ولاقتنائه لأنه في البداية كان غالي الثمن كثيرا وخاصة المصنوع منه من شعر البشر.

كانت هناك منذ بدايات ظهور الشعر المستعار أنواع كثيرة منه وذلك من حيث نوع الشعر الذي يصنع منه وطبعا كانت المميزة منه التي تصنع من شعر البشر ولكن كانت تتبع الطرق القانونية في اقتناء الشعر من الأفراد.

وهذا بالنسبة للشعر المستعار المصنوع من الشعر البشري وليس الاصطناعي

فكان هناك من يتبرع بشعره لفعل الخير بالنسبة للأطفال أو من يعانون من أمراض مزمنة جعلتهم يفقدون الشعر

وهناك من يقوم ببيعه وقبض ثمن باهض له، وهذا تصنع منه باروكات وتباع في الأسواق بأثمان باهضة

ويبتاعها من هو في حاجة إليها فيهتم بالجودة وهو يعلم بأن الشيء الثمين ثمنه فيه، فالثمن كلما ارتفع ارتفعت الجودة.

وبالرغم من كل هذا إلا انه كان هناك بعض المخالفين للقانون والذين يختطفون أولاد الشوارع (خاصة الفتيات والذين يمتلكون شعرا طويلا أو طويل نسبيا فحتى الشعر القصير قابل لصنع باروكة بها شعر قصير) والمتشردين من أجل سرقة شعرهن وقتلهن بالمقابل، لقد كانت هناك بعض الطرق في التحايل على القانون كالسرقة والقتل والاستغلال والاستغفال وغيرها.

تختلف الباروكات حسب الألوان بين لون الشعر الطبيعي والشعر المسبوغ، وتختلف أيضا حسب الطول المطلوب، وحسب نوعية الشعر ومدى نعومته، ومدى كثافة الشعر في الباروكة أيضا، وحسب صحة

الشعر وطبيعة الشعرة الواحدة التي تخضع لمعاينة في المختبر الخاص.

السيد بوفير

كان من أشهر الناس في هذا المجال رجل يتاجر في الشعر المستعار ولديه متحف، كان يقوم بصناعة الباروكات على مختلف أنواعها وألوانها ونوع الشعر المستعمل والخامات ولمختلف الاستعمالات الطبية الضرورية والتزينية.

لكل محل سمعة وسمعة المحل هي كل نجاحه فإذا كان لديه سمعة جيدة سوف يحافظ على نجاح محله بالمحافظة على سمعته.

كان السيد بوفير سورازيو دي إدور

صاحب أكبر محل لبيع الشعر المستعار وكانت الباروكات التي يعرضها بعناية مثالا للتحف الجميلة والتي تم صنعها بعناية فائقة.

لقد كان السيد بوفير يعلم بأن كلما يعرضه يساوي ثروة لذا كان شديد العناية بكل تحفة لديه.

كان له صيت ذائع بالنسبة لعمله ومحله، وشهرة واسعة عبر المدينة وحتى خارج وطنه فقد كان هناك من يستود منه بعض الباروكات ولكن ليس للمحلات بل فقط لأجل الاستعمال الشخصي.

لم يكن الناس أو الزبائن يتساءلون عن مصدر الشعر في تلك الباروكات، لأن السيد بوفير كان صاحب سمعة جيدة لذا فمن المنطقي أن تكون مصادر المواد الأولية لأعماله تأتي بطرق قانونية.

لم يكن يعلم أحد في العالم بأن للسيد بوفير طريقة مختلف وسرية للحصول على الشعر اللازم لباروكاته.

تلك الطريقة لم تكن قانونية لذا كانت تتم في السر ولو علم أحد بما يفعله السيد بوفيير لتم الزج به في السجن وما رأى بعد ذلك نور الحرية أبدا.

عملة بوجهين

كان للسيد بوفير شخصيتان شخصية التي يقابل بها الناس والتي يعرفه بها الجميع، شخصية الرجل الأعمال الناجح وصاحب السمعة الجيدة، وشخصية أخرى سرية لا يعرفها إلا قلة قليلة من من يتعاملون معه في ذلك العمل السري.

بالنسبة للعمل السري الذي كان يمارسه السيد بوفير هو عمل له علاقة بعمله الأول، ولكن لا يمكنه البوح به لأنه عمل مخالف للقانون والأخلاق.

العمل إجرامي وخطير وله مصاعب كثيرة، لقد كان السيد بوفير يقوم بإجراء عمليات جراحية في الخفاء ويجيد القيام بها، ليس لأشخاص وليس لأجل العلاج بل كانت عمليات لأجل الحصول على شعر البشر.

كان يجري عمليات على الجثث وليس على أجساد بشرية حية، فقد كان يقوم بسلخ فروة الرأس لكي يتحصل على الشعر كاملا وأحيانا يأخذ أيضا شعر الحواجب والرموش، خاصة إن كانت الجثة في حالة جيدة.

الحالة الجيدة للجثة لا تعني أن الجثة لا تعني أن الجثة لم يمر عليها زمن بل تعني بأن صاحبها كان في حالة صحية جيدة قبل وفاته.

كان هذا هو اختصاصه سلخ فروة الرأس، كان يقوم بعمله بسرعة وبشكل خفي وبعد أن ينجز عمله يتخلص من الجثة فورا، ومن قام بإيصالها له في بيته هو نفسه الذي يأخذها لكي يتخلص منها.

وهذا الشخص الذي كان يساعده هو رجل يعمل في المقبرة وبالضبط في غرفة حرق الجثث اسمه جيرار، فكان يبيع لبوفير الجثة التي من المفروض ان يقوم بحرقها.

يوصلها له فيجري بوفير عليها عمله ثم يستلمها جيرار من جديد ويتوجه إلى مكان الحرق وينهي عمله دون أن يعلم أحد بأنه أخذ من الجثة شيء قام ببيعه وقبض ثمنه.

هذه الطريقة للحصول على الشعر الطبيعي كانت جيدة بالنسبة للسيد بوفيير فهي تمده بالمادة الأولية والرئيسية لصنع باروكاته وبشكل كبير مقابل مال لا يعتبره هو بالمبلغ الخيالي بل كان مبلغا معقولا بالنسبة له لأن في الأمر مخاطرة ولأن الباروكات يتم بيعها بمبالغ مرتفعة.

كما انه كان يرى بأن هذه الطريقة هي أقل الطرق مخاطر فالجثث لا تعترض على منحه الشعر والسيد جيرار كان شخصا خدوما وسهل التعامل معه.

لقد كان هذا الجزء من العمل هو الجزء الأكثر خطورة والذي يجعل السيد بوفير متوتر قليلا، ولكن ما إن يتخلص من السيد جيرار الذي يأخذ الجثة حتى يرتاح ويتنفس الصعداء.

العمل بدقة وإتقان

وبعد ذلك يأتي دور المرحلة الثانية من العمل والتي يكون فيها مرتاحا هادئ الأعصاب سعيد لأنه تمكن من شراء مادة قابلة لصنع باروكة جديدة وأحيانا باروكتين أو أكثر على حسب كثافة الشعر الذي حصل عليه وعلى حسب حاجته أو الطلبات التي لديه من الزبائن فهو أحيانا يصنع باروكات حسب الطلب.

في هذه المرحلة يجلس السيد بوفير في مختبره الذي يقع تحت بيته الكبير المقابل للمقبرة القديمة

إنه مكان لا يحبه بقية الناس ولكنه مناسب بالنسبة للسيد بوفيير بعيد عن الحي السكني ولا إزعاج هناك حيث يمكنه أن يقوم بعمله السري دون أن يتطفل عليه أحد.

كان يجلس لساعات طويلة، طوال الليل وهو يقوم بنزع الشعر من على تلك الفروة شعرة شعرة، وكل شعرة كانت كنز بالنسبة له يعاملها كما تعامل التحف الفنية واللوحات المميزة وكأن عمله فن بحد ذاته.

لقد كان السيد بوفيير يحب عمله بشكل ملحوظ فهو عمل يوحي له بالخلق والقوة والتميز ويدر أموالا طائلة.

كان لديه عامل جان لوي في البيت يساعده في المختبر لإدخال الجثث التي طلبها وإخراجها من المختبر.

وكان لدية عملاء يوفرون له الجثث من المناطق الأخرى خارج المدينة او التابعة لها، ولكن في أتم السرية، ولا يتعامل معهم بطريقة مباشرة لأنه لا

يكشف عن نفسه أبدا أمام من يبتاع منهم الجثث، بل هناك من يقوم بذلك العمل نيابة عنه.

ولكنه كان يبحث عن أية معلومة عن وفاة شخص لكي يبحث في تاريخه الطبي ويسال عن شكله وما إذا كان لديه ما يحتاجه لكي يتمم الصفقة، ويهتم كثيرا لإتمام صفقة إذا كانت الجثة لها شعر طويل أو طويل نسبي لأنها تعتبر صفقة رابحة جدا.

لم يشك أحد يوما بأنه يؤدي عمله بطريقة غير شرعية، بل كان صاحب سمعة جيدة بين الناس والزبائن رغم أن هناك زبائن لا يهتمون لمصدر الشعر أكثر من لهفتهم للحصول على شعر بجودة عالية مقابل أي مبلغ من المال.

لصنع الشعر المستعار طريقة معينة ومواد خاصة ويلزمه وقت طويلة لكي يصنع باروكة واحدة.

طموح وشغف

في يوم من الأيام سمع السيد بوفير عن وجود أربعة بنات أخوات ذاع صيتهم لمدى طول شعر كل واحدة منهن والذي يتجاوز 8 أقدام.

كان والد البنات يتباهي بهن في كل مكان، لقد كان الوالد رجل فيزيائي متقاعد، لديه زوجة وأربعة بنات جميلات قدمهن للمجتمع في حفل المدينة وكشف عن تلك المفاجأة بالنسبة للبعض الذين لم يكونوا على صلة بهن.

الفتيات كن يعشن في عائلة محافظة وكان لوالدهم تعليماته وأوامره الصارمة للتعامل مع الفتيات وأيضا لإدارة بيته وعائلته.

اعتاد الرجل أن يخرج بناته الأربعة فقد لاستعراض الشعر الطويل في الحفلات ولا يترك لهن مجالا للتأقلم في المجتمع، فكان يبهر الناس بذلك الشعر الطويل، وفي حالة ما إذا طلب أحد اخذ صورة معهن فانه يطلب مقابلا ماديا لأجل الصورة.

لقد كان للرجل السيد ماريوني كاستا رجل معقد جدا لدرجة انه يغلق باب بيته بالمفتاح لكي لا تخرج إحدى بناته خارج البيت وكان لا يسمح لهن بفعل أي شيء لا يتماشى مع ذوقه الخاص.

لم تكن لبناته ولا لأي منهن شخصية لأنهن تمت تربيتهن على طاعة والدهن والانصياع لأوامره، حتى زوجته السيدة ايفلين كانت تحشاه وتخاف منه لذا فقد كانت مطيعة بشكل يعجز وصفه، وهي من قامت بتربية بناتها على طاعته طاعة عمياء.

الوالد المسيطر

لقد كانت الفتيات تحت سيطرة والدهن الذي يعاملهن بقسوة أحيانا خاصة عندما بتعلق الأمر بحريتهن وحرية التصرف، خلاف ذلك كان يعاملهن بشكل جيد حنون عطوف بعض الشيء لديه حس الفكاهة ويحب المرح مع عائلته في بيتهم دون أي دخيل.

لم يكن مسموحا لأي من البنات أن تتكلم في موضوع الحريات الشخصية ولا موضوع الحب والزواج ولا حتى موضوع النزهة والخروج من البيت، أما بالنسبة

للعمل فقد كان أمرا محرما، في ذلك الوقت لم يكن هناك نساء كثيرات عاملات ولكن الأمر كان اكبر من ذلك بالنسبة لبنات السيد ماريوني كاستا.

أن هذا الاستعباد الذي كانت تعاني منه البنات كان بسبب الشعر الطويل وهذا ما جعل كل منهن تلعن هذا الشعر الذي حولها إلى امة مسلوبة الحقوق، والوضع لا يتغير مع مرور السنوات.

الفتيات كن مجبورات على التظاهر بالسعادة والراحة أم الناس، كن يتماشين مع الوضع ويوافقن والدهن في كلما يقوله، ويظهرن أمام الناس بابتسامة لا ينزعنها من على وجوههن.

من الأمور المحظورة على البنات أن لا تتكلمن ولا كلمة واحدة مع أي شاب أو رجل، لقد كان للفتيات سمعة طيبة بأنهن ينتمين لعائلة محترمة وبأنهن يمتلكن شعرا طويلا لا مثيل له.

هذه الميزة "الشعر الطويل" كانت حاجزا بينهم وبين الحياة الاجتماعية، من أوامر والدهن أن لا يتبادلن أطراف الحديث مع أي رجل.

الوالد كان يحاول دائما إقناع الفتيات بأن أي رجل قد يتقدم إليهن أو يبدي إعجابه بإحداهن ما هو إلا طامع في سمعتها ويريد أن يستغلها لكي تدر له المال.

لم تكن هذه هي حقا نية الرجال، ليس كل الرجال، ولكن هذا ما كان يفعله الوالد ببناته، يستغلهن لأجل الشهرة والمال، وهذا ما كان يسبب لو خوفا بل رعب من أن خطف بناته منه أو حتى خسارة إحداهن.

كان السيد ماريوني يعتبر بأن الزواج (زواج بناته) مجرد خطة أو خدعة تجعله يخسر كنزه الثمين.

كان السيد ماريوني حريصا جدا في تعامله مع بناته والمحيط لكي لا يقع في ذلك الفخ، وهذا ما جعله يحكم التحكم فيهن، يغلق عليهن الباب ويمنعهن من الخروج وليس لديهن صديقات وتلقين الدروس وبعض العلوم

في البيت فكانت تلك وظيفة زوجته المحبة التي كانت تعتني به وببناته وتعلميهن وأيضا بالبيت، لقد كانت ربة بيت تقليدية جيدة جدا.

ما كان يفعله السيد ماريوني هو انه كان يقوم بتنويم بناته مغناطيسيا وليس بالمعنى الحقيقي بل قد كان يخبرهن دائما بأنهن مميزات وبأنهن أفضل من الجميع.

البلدية كانت قد صرفت مرتبا لكل واحدة من الفتيات لمساعدتها في التغلب على صعوبات الحياة وللحفاظ على شعرهن الذي كان يزيد من شهرة البلدة تلك.

فقد كان الوالد السيد ماريوني يتقاضى رواتب البنات الأربعة بدلا منهن، ويحتفظ به او يستعمله كما يجب، وكما يرى انه يجب استعماله صرفه أو توفيره.

جمال وشهرة

الفتيات أصبحن من مشاهير المدينة وهذا ما جعل البعض يرغب في رؤيتهن بالشعر الطويل غير المعهود فكان هناك من يقوم بزيارة المدينة لأجل ذلك السبب بالذات وخاصة في الأعياد والعطل.

الفتيات كن أول المدعوين لكل حفل تقيمه البلدة، وهذا كان أحيانا يجعلهن يشرعن بالفخر وخاصة عندما يقوم والدهن بمدحهن وإخبارهن بأنهن معلم من معالم البلدة وبعض الكلام من هذا النوع.

أما بالنسبة لأسلوب حياتهن فمن المال المتحصل عليه قام الوالد السيد ماريوني بشراء بيت كبير وجميل وذلك منذ سنوات مضت.

البيت من طابقين، ولكل فتاة غرفة خاصة بها، كان الوالد حريصا على أن تبقى كل فتاة في غرفتها ومن غير المسموح لهن الاجتماع في غرفة إحداهن، كان يقول:

إن غرفة النوم هي مكان خاص ولا يجب أن ينتهك أحد خصوصية الآخر.

غرفة النوم هي مكان مخصص للنوم ولا يجب إجراء حوارات وأحاديث في غرف النوم.

السيد ماريوني ربى بناته على الالتزام بالقوانين والحياة وفق نظام معين فكان هناك موعد للنوم وموعد للاستيقاظ.

موعد لتناول الطعام وكل وجبة لا تتجاوز نصف ساعة على طاولة الطعام.

كما كان للبنات روتين ونظام خاص.

كان هناك وقت للسهرة حوالي الساعة لكي يجلس الجميع في غرفة المعيشة، قبل الانصراف للنوم يتبادلون. الأحاديث وما يشغلهم، أو ما يريدون الحصول عليه مثل أدوات الخياطة والتطريز مثلا.

وقت السهرة كان مقدسا لقد كان يطلق عليه الوالد وقت العائلة المقدس حيث تكون هناك بعض الضحكات من البنات وبعض الكلمات من الوالد عن مدى أهمية العائلة بالنسبة له وعن مكانة الفتيات وكل العائلة في المجتمع.

فلسفة الوالد

كانت العائلة من أثرياء المدينة بفضل رواتب الفتيات والمال الذي يتقاضاه الوالد مقابل تصوير الفتيات للمجلات أو مع المعجبين بالشعر الطويل أو حتى مكافأة كانوا ينالونها من بعض الجهات المانحة والخيرية والداعمة التابعة للأفراد أو التابعة للدولة.

واغرب ما في الأمر والذي لم يكن يعلم عنه أحد شيء هو أن والد الفتيات العزيز كان يطمئن على فتياته

عندما يأوين إلى أسرتهن ويغلق باب غرفة كل فتاة عليها.

نعم كان يغلق عليهن غرفهن لكي لا يخرجن، فقد كان يتملكه خوف من أن يخسر أي منهن، كما كان يخشى أن يجلسن مع بعضهن يتبادلن الكلام أو يناقشن الأفكار وهذا ما قد يكون نتيجته أن تشجع إحداهن الأخرى على التحرر أو الهروب من البيت والذي ربما تكون بدايته بعض الإحباط أو الانزعاج من شيء ما أو حتى حلم غبي كما يصفه الوالد.

كان يقول السيد ماريوني كاستا:

الثورة تبدأ من فكرة غبية أحيانا

والثروة تبدأ من فكرة غبية أحيانا

الثورة تنتج خطأ غير مقصور

والثروة يمكنها أن تنتج عن خطأ غير مقصور

لذا يجب أن تكون حذرا حتى من فكرة غبية، ويجب أن تكون حذرا حتى من ارتكاب خطأ غبي لكي لا تتفاجأ بثورة.

يجب أن تنتبه لكل فكرة غبية، ويجب أن تنتبه لكل خطأ ترتكبه فربما بإصلاحك ذلك الخطأ سوف لن تكتسب ثروة.

عليك أن تفتح عينيك جيدا وعليك أن تنصت للقدر عندما يلعب لعبته يجب أن تكون مستعدا لتلعب معه وإلا لعب بك وليس معك.

السيد ماريوني كان لدينه نظرة مميزة للحياة، وحكمة يعيش بها، وأسلوب يتبعه، ولأنه كان شخص حريص وشديد الحرص للحفاظ على عائلته وحياته فقد كان يجلس مع بناته وخاصة أنه لا يعمل، فيشاركهن الجلوس عندما يقمن بالحياكة أو الأعمال المنزلية.

كما انه إذا غاب عن البيت (لأجل قضاء حاجة أو التسوق) أوصى زوجته بأن تحل محله وان تتصرف

كأنه موجود فلا تتجاوز الفتيات الحدود المعتاد عليها في كل شيء النظام النظافة والتقاليد وغيرها.

بالنسبة للنظافة لقد كانت لها تقاليدها الخاصة والطقوس المميز لأن للفتيات شعر طويل وليس كباقي الناس

للفتيات موعد مع غسل الشعر مرة واحدة كل أسبوع.

وقد كان المسئول عن هذه المهمة هو الوالد، نعم السيد ماريوني كان هو بنفسه يشرف على غسل شعر كل واحدة من البنات ويساعدهن في تسريحه والعناية به.

عندما بلغت اصغر بناته سن الثانية والعشرون توفيت والدتهن وهذا ما جعل الوالد يصبح أصعب من ذي قبل، ولكن واصل التعامل معهن بطريقة تشبه السابقة، وواصل الاعتناء بهن، لكنه أصبح يغلق عليهن غرفهن، كل ابنة في غرفتها لوحدها إذا اضطر للخروج ويبقي هكذا حتى عودته، لكنه لم يكن يطيل البقاء خارجا.

كما كان السيد ماريوني يمشط للبنات شعورهن ويقوم بتزيينها عندما يكون لديهم حدث ما أو مناسبة وهم يهمون بالخروج.

وبقيت أولئك الفتيات يعشن بتلك الطريقة لسنوات عديدة دون صديقات أو أصدقاء كأنهن سجينات ولكنهن يذعن لأوامر والدهن الصارم والحنون في نفس الوقت.

ممنوع عليهم إجراء حوار مع سيدة أو فتاة في حفلة فما بالك بالشباب والرجال، لقد كان السيد ماروني متخوف من خروج بناته عن طاعته.

وفي البيت كان يحرمهن من التلفاز ولا يوجد هاتف وممنوع عليهن تبادل الرسائل مع الناس، كان يسيطر عليهن سيطرة تامة ويمنعهن من الوسائل التي يعتبرها تفسد الأدمغة وتغير المفاهيم وتفتح باب الثورات.

كان يسمح بالراديو ولكن قنوات معينة وفي أوقات معينة.

فارق السن بين الفتيات الأربعة سنين بين كل بنتين، مرت السنوات وهن بلا زواج، والدهن كان يتحجج بحجج مقنعة وحجج واهية لكي لا يتزوجن حتى بلغت البنت الكبرى ابريال سن 42 عاما.

لم تكن لديهن علاقات بالرجال، ولا أمل لديهن في الزواج مادام والدهن يعارض كل من يتقدم، بل كان يعارض فكرة ارتباطهن دون أن يفصح عن ذلك، وفي

تلك المرحلة بالذات تعلقت أصغرهن اوبين بمذيع يذيع برنامجا فكاهيا على إحدى قنوات الراديو.

ولكنها اخفت ذلك الأمر عن كل أخواتها وعن والدها لقد كان سرا صغيرا تحتفظ به في قلبها.

اوبين هي الابنة الصغرى شقية عندما كانت صغيرة وهي الفتاة التي كانت تتلقى العقاب أكثر من أخواتها ولكنها رغم ذلك هادئة محبة مطيعة، تحب كل أفراد عائلتها وتحب حياتهم الجميلة والهادئة كما تصفها.

لقد كانت الأقرب لقلب والدتها التي كانت تحن عليها كثيرا، عندما كانت والدتها على فراش الموت طلبت منها السماح ولكن اوبين لم تعلم لما قالت لها والدتها ما قالت

(اوبين رجاء أنا اطلب السماح)

ولكن والدها طلب منها الخروج لتترك والدها كي يرتاح فلم تسنح لها الفرصة لكي تسأل والدها عن سبب طلب السماح منها، فهي كانت تحبها ووالدتهم

كانت حقا صدرا حنونا ولا يمكن لأحد أن يذكر لها شيئا خاطئا واحدا قد ارتكبته وهي على قيد الحياة، لقد كانت ملاكا صامتا لا يصدر أي صوت، يبث السلام فقط في أي مكان يتواجد فيه.

اوبين كانت تختلف عن أخواتها في بعض الصفات، لقد كانت تمتلك شعرا بنيا يميل للأشقر قليلا، كان لها شعر أشقر عندما كانت طفلة صغيرة لكن لونه أصبح أكثر قتامة مع تقدمها في السن، وقبل أن تبلغ سن السادسة عشر أصبح شعرها تقريبا بنيا ولكن بدرجة فاتحة بعض الشيء وبقي على حاله إلى هذا اليوم.

أما باقي الفتيات فقد كان لهن شعر بلون بني قاتم يميل للأسود وهذا ما كان لون شعر والدتهن اسودا ولكنه لا

يشبه شعر البنات في شيء، لقد كان شعر السيدة ايفيلين قصيرا وأشعثا قليلا، وباستعمالها بعض المستحضرات والشامبوه والزيت لم يكن يظهر بأنه أشعث.

كانت اوبين أكثر أخواتها حبا للخروج والحفلات والنزهات التي كانت بمثابة حلم لا يتحقق بالنسبة لها.

ولكنها كانت تسعد بكل دعوة أو عرض يقدم إلى والدهن، تقفز من السعادة إذا زف إليهن والدهن خبرا من تلك الأخبار.

كما أنها كانت نحيلة أكثر منها رشيقة عكس أختها الكبرى ابريال التي كانت بوزن أكثر من الطبيعي ببضع بوندات وذلك ظاهر عليها، فقد كانت تحب الأكل كثيرا، وهي المسئولة عن الطبخ في البيت، كما أنها كانت عاشقة لإعداد الحلويات.

أما بالنسبة للفتاتين ادلينا واندريا فقد كانتا بوزن معتدل طبيعي يتناسب مع طول كل واحدة منهما.

ادلينا كانت الأقرب لوالدهن والتي توافقه على كل شيء دائما وتدعمه كثيرا، وقد كانت كذلك منذ أن كانت طفلة صغيرة.

حفل خيري

في يوم من الأيام تم توجيه دعوة للسيد ماريوني كاستا وبناته لحضور حفل خيري في المدينة، تزينت الفتيات بأبهى الثياب فساتين منفوخة ذات ألوان قاتمة وأقمشة خشنة بعض الشيء فقد كان الجو خريفا يميل إلى الشتاء، فكانت لفحات الشتاء قد بدأت.

كان الجميع يستمتع بوقته في تلك الحفلة وخاصة البنت الصغرى اوبين التي كانت تعشق الخروج من البيت.

لم يكن مسموحا للفتيات بالرقص فقط الوقوف هناك بهدوء وعدم الكلام مع أحد.

كن وكأنهن تحف معروضة للفرجة ومن أراد التقاط صورة لمجلة أو جريدة أو حتى صورة شخصية طلب منه الوالد مبلغا من المال.

كثيرا ما تتنصل الابنة الصغرى اوبين لكي تتجول في أطراف القاعات أو القصور أو الصالات التي كانت تقام فيها تلك الحفلات لكي تكتشف الأماكن وتستمع لأحاديث الناس.

ولكن كلما اكتشف وجودها أحد وجودها الذي لا يمكنها إخفاؤه مع كل ذلك الشعر الطويل الذي يبدو كمعطف وراءها مزينا بالضفائر والورود فانه ربما يتقدم منها وهذا ما يجعلها تحاول الفرار هاربة لأنه لو لمحها والدها وهي تجري حديثا مع أي أحد سوف يعاقبها.

حتى انفصالها عن أخواتها كان ممنوعا.

ولكن إنها اوبين فمن يستطيع ردعها عن فعل ما تريد، إن علم والدها فلن يمنعه أحد من معاقبتها وحبسها في غرفتها.

لقاء بفعل القدر

وبينما اوبين تتجول في القاعة التي تقيم لبلدية فيها الحفلة، حتى سمعت صوت حديث وضحك جذب انتباهها وشد سمعها، بدا الصوت مألوفا جدا.

فكرت اوبين وكأنها تعرف ذلك الصوت ولكنها لم تتعرف على صاحبه، وعندما تقدمت من تلك المجموعة وجدت شابا يتكلم ويضحك يبدو أنها في تلك اللحظة قد تعرفت على الصوت بعد أن سمعت أحد الشباب قول له:

أنت لا تتوقف عن إسعاد الناس يا أدريان

لا نسلم من برنامجك حتى تقتلنا بالضحك في الواقع.

فسألت وقالت:

أدريان برونز؟

هل أنت أدريان برونز مذيع القناة السابعة ؟

أدريان برونز مذيع برنامج أظهروا الضواحك مع أدريان "نكتة وقهقهة"؟

التفت إليها الشاب وهم ليكلمها لكي يجيبها وهو يقول:

نعم يا سيدتي....

وما إن رآها حتى فوجئ بما رآه، لقد كانت فتاة ليست بالغة الجمال ولكن ...

فأكملت كلامها وقالت:

أنا اوبين ابنة السيد ماروني كاستا الصغرى وأنا معجبة ببرنامجك كثيرا، أنا أتابع البرنامج ولا أفوت ولا أية حلقة

واضحك كثيرا مع كل النكات التي تلقيها

أنا معجبة بك أيضا يا سيدي

أدريان:

ناديني أدريان لو سمحت

آنستي أنا متشكر لكلامك الطيب

أنا من يجب أن يخبرك بأنك حقا جميلة جدا وأنا سعيد لأنني وأخيرا رأت إحدى فتيات عائلة كاستا بالشعر الطويل.

ابتسمت اوبين واحمرت وجنتاها خجلا واعتذرت وطلبت المغادرة.

رغم أن أدريان كان لا يزال يريد أن يتبادل معها أطراف الحديث إلا أنها اختفت سريعا بين المدعوين.

لقد كان أدريان بما حصل معه قبل قليل وبينما هو لا يزال لا يستوعب ما حدث وإذا بصديقه لوي يقول:

واو ما الذي حدث للتو هل فعلا تلك إحدى بنات كاستا التي كانت تكلمك

أدريان:

نعم إنها ..

لوي:

إنها قبيحة

أدريان:

لا إنها جميلة بشكل ما

لوي:

لا.. ليست كذلك

أدريان:

بلى هي جميلة بشعرها الطويل، جميلة بأدبها وأخلاقها، جميلة بعيونها البراقة البريئة...

لوي:

أنت فقط تقول ذلك

الجميع يقولون بأنهن غريبات الأطوار

والدهن يعاملهن على أنهن ملكية خاصة ويقيد حركتهن.

والناس يعاملوهن على أنهن تحف فنية لأجل ذلك الشعر

أنا لا أحبهم إنهم ليسوا اجتماعيين هذه أول مرة أرى إحداهن تكلم أحدا.

أدريان:

هل رايتهم من قبل؟

لوي:

نعم وما الغريب في ذلك

أدريان:

أين؟

لوي:

في كل الحفلات التي حضرتها

دعك منها.. إنها ليست من نوعك المفضل

أدريان:

أظن انه كان هنالك شيء بيننا

لم تكن اوبين جميلة الوجه كثيرا ولكن لم يكن بوجهها عيوب، كان لها فك عريض بعض الشيء ولها وجه طويل ولكن كانت أسنانها بيضاء مصفوفة وعيونها هادئة مريحة لمن يتأملها.

شغف غير معهود

لحق أدريان بالفتاة التي يبدو أنها علقت في ذهنه وعندما وصل إلى القاعة التي بها الحقل وجد بأن السيد ماريوني قد انتبه لغياب ابنته فأمسك بها من ذراعها ونهرها على جانب وهو يلوي ذراعها وهي تبدو خائفة وتتألم من ذراعها.

لقد فهم أدريان من المشهد الذي رآه بأن كلام صديقه لوي صحيح وبأن الأب يسيطر على حياة بناته.

لقد نشأ رابط قوي بين المذيع أدريان وابنة السيد ماريوني الصغرى اوبين.

حاول أدريان أن يجد طريقة للتوصل معها ولكن دون جدوى لم تكن هناك أية وسيلة متاحة.

كان يائسا يحث عن أي شيء لكي يعبر لها عن إعجابه ويتمنى قربها ولو أن يتبادل معها النظرات من نافذة غرفتها، لقد أحبها إلى تلك الدرجة .

وبعد تفكير توصل أدريان إلى حل والذي كان إرسال رسائل ضمنية لتلك الفتاة التي سلبته قلبه من خلال برنامجه الإذاعي، فكان على الفتاة استعمال ذكاءها لحل كل تلك الألغاز التي كانت تحير جمهور المستمعين ولا تحير اوبين التي عرفت بأن أدريان يبادلها نفس الشعور وأصبح حبيب لها يراسلها من خلال برنامجه.

توصل أدريان إلى خطة جديدة وهي أنه اختار وقتا متأخرا من المساء وأصبح يمر عبر الشارع ويمر أمام بيتها لكي ينظر إليها وتنظر إليه من خلال نافذة غرفتها ولكن كان على النافذة حاجز من حديد، لن تستطيع الفرار من البيت إن أرادت ذلك.

يبدو أن السيد ماريوني قد كان يسبق الزمن وقد أخذ كل احتياطاته دون أن يفكر أحد آخر في ما كان يفكر فيه هو في السابقة.

وبعد علاقة دامت عدة أسابيع، علاقة كانت عن بعد بين المذيع أدريان والفتاة بالشعر الطويل اوبين حصل ما لم يكن في الحسبان.

حصل أمر لم يحصل سابقا ولم يكن يتوقع حدوثه أي أحد.

لقد وقع السيد ماريوني في الشارع بينما كان خارجا لأجل قضاء بعض حاجة ما.

أسعفه بعض الناس وأخذوه إلى الطبيب الذي كشف عنه وأعطاه بعض الأدوية، ولكن طلب منه الطبيب أن يلازم الفراش لمدة أسبوع بالكامل ولا فانه سوف يتحمل العواقب.

احضر بعض الرجال السيد ماريوني إلى بيته، فساعدهم جاره لإدخاله إلى بيته ووضعه في فراشه.

طلب السيد ماريوني من جاره أن يغلق الباب وراء الرجال ثم طلب من أن يسديه معروفا.

المعروف الذي قرر أن يسديه السيد ماكس لجارة السيد ماريوني هو معروف بسيط، لقد طلب منه السيد ماريوني أن يتسوق من أجله كل الحاجيات التي من الممكن أن تحتاجها بناته في الطبخ والتنظيف والتي تعود على ابتياعها كل أسبوع ولكنه كتب له قائمة بها مئونة تكفي لمدة شهر بالكامل.

ولأن السيد ماكس كان يعلم بأن بنات السيد ماريوني لا يتسوقن ولا يغادرن البيت مطلقا بدون والدهن فقد أسدى لجاره ذلك المعروف بكل ود وتعاون.

قبل أن يغادر السيد ماكس بيت السيد ماريوني إلى المحل القريب من البيت طلب منه السيد ماريوني أن يأخذ المفاتيح وأن يفتح باب الغرفة القريبة من غرفته والتي تخص ابنته ابريال لأنه كان في حاجة إليها.

أزمة صحية

لقد سمعت الفتيات بالضجيج ولكنهن لم يكن يعرفن ما حدث حتى خرجت ابريال من غرفتها لتتفاجأ بالسيد ماكس هو من يفتح باب غرفتها فأخبرها بأن والدها في فراشه وبأنه مريض وقد أسعفه بعض الرجال.

هرعت أبريال إلى والدها وسقطت فوقه وهي تبكي في حرقة وتسأله عما أصابه فأخبرها بأنه بخير ولا داعي للقلق.

طلب منها والدها أن تفتح الخزانة وان تعطي السيد ماكس مبلغا من المال لكي يدفع ثمن الحاجيات التي كتبها له على القائمة.

وبعد أن غادر السيد ماكس طلب السيد ماريوني من أبريال أن تفتح على أخواتها وان تطلب منهن الاجتماع في غرفته.

نفذت أبريال أمر والدها دون نقاش إلا انه قالت له:

أرجوك لا تجهد نفسك أنت مريض يا والدي

جاءت الفتيات لكي يجدن بأن والدهن العزيز والذي ليس لهن أحد غيره في كل هذه الدنيا طريح الفراش، وهذه أول مرة يرين والدهن بمثل هذا الضعف وقد كان دائما مثالا للقوة.

طلب الوالد من بناته أن يساعدنه لكي يتجاوز هذه المحنة، فكانت له مجموعة من الأوامر لكي لا يختل نظام البيت والعائلة.

لقد أخبرهم بأن الطبيب قد طلب منه أن لا يغادر البيت وان يلازم فراشه لمدة أسبوع كامل.

لقد قرر الوالد بأن تنوب عنه ابنته الكبرى أبريال في فتح أبواب الغرف صباحا وغلقها مساء قبل النوم.

وأخبرهم بأنهم سوف يتناولون وجبات الطعام في غرفته لكي يقضي وقتا معهن ولا يبقى وحيدا بينما تتناولن الطعام في غرفة الطعام.

وطلب منهن أن يقمن بأي عمل كالتطريز أو القراءة بهدوء في غرفته بينما ينام هو أو يأخذ قسطا من الراحة.

وطلب منهن أن لا يتركنه لوحده بل يجب أن تستأذن إحداهن فقط من أجل القيام بأي عمل خارج غرفته مثل طهو الطعام أو غسل الثياب أو غيرها.

وعندما يحين وقت النوم طلب من ابنته الكبرى أبريال أن تتولى مهمة إغلاق أبواب غرف النوم على أخواتها بدلا منه، أما بالنسبة لها فقد قال لها بأنه يجب أن تجهز الكنبة التي في غرفته لكي تسهر على رعايته وتقضي الليل في غرفته، فقد يحتاج شيئا في الليل مثل كوب ماء مثلا أو دواء.

ولكن في الحقيقة كان يريد أن يمن بأن ابنته الكبرى أبريال قد خلدت للنوم بعد أن أغلقت غرف أخواتها، وربما لا تنفذ كلامه أو تجلس مع إحداهن أو أن لا تغلق عليهن ولكن إذا ضبطها هكذا وراقبها سوف تخاف منه ولن تخالف رأية.

انصاعت كل الفتيات لأوامر والدهن الذي استعطفهن بمرضه، فاتفقن على جعله لا يحس بتغير الوضع، ومحاولة إسعاده ومساعدته على تخطي هذه الأزمة.

تعود السيد ماريوني إخفاء الأدوات الحادة من غرف البنات، إذ لا توجد سكاكين ولا مقصات ولا ما يشبه ذلك في غرف الفتيات، وهذا راجع لحادثة حدثت سابقا.

في السابق في يوم من الأيام، عندما كانت البنت الصغرى اوبين في سن الحادية عشر حاولت قص شعرها وهذا ما جعل والدها يقوم بإحراقها في جسدها عقابا لها على فعلتها ولكي لا تعيد الكرة وأيضا لكي تكون عبرة لأخواتها.

لقد مازالت أثار تلك الحروق واضحة في جسدها، ولا زال في شعرها خصلة اقل طولا من كل شعرها ولكنها لا تظهر للعين ويحاول السيد ماريوني إخفاءها

أثناء تزيين شعر اوبين فيضعها مع خصلة أخرى في ضفيرة أو يلفها ويزينها بالورود أو ما شابه، ولكنه لا ينسى لاوبين فعلتها تلك.

طلب المذيع أدريان من حبيبته عبر رسائله التي يرسلها لها عبر الهواء في برنامجه الإذاعي أن تتزوج به، وان تساعده في تحقيق ذلك.

طلب منها أن تجد حلا للهرب من بيتها لكي يتوحدا ويتزوجا فيضعا الجميع تحت الأمر الواقع.

يجب أن يتزوجا لكي يقتنع الجميع بأنهما يحبان بعضهما بوان هذا حب حقيقي.

لقد كان يأمل أن يتزوج حبيبته ولم يكن ينتظر لتحقيق ذلك رأي أحد، كان ينتظر رد حبيبته فقط.

حاول أدريان أن يشجع حبيبته عبر برنامجه فكان يبث فيها الحماس لكي تتقدم خطوة ولكي لا تخاف مادات

ستكون معه فوعدها بأنه سوف يحميها بحياته ولن يصيبها مكروه وهي معه.

لم يكن كلام أدريان الموجه لحبيبته اوبين مجرد كلام أو وعود واهية بل كان كلام يصدر من القلب ويصل إلى قلب اوبين مباشرة.

لم يكن كلامه عبثا بل لقد بث الشجاعة فيها فعلا فقرر أن يحقق حلمها هي وحبيبها، قررت اوبين الهرب لكي تجتمع مع حبيبها وليتزوجا ويعيشا حياة طبيعية مثلها مثل كل البنات في العالم.

لقد كان الزواج من حقها، حقها الشرعي، هي وكل أخواتها وحق أي أنثى على وجه الأرض، حقها أن تجد شريك حياتها وان تعيش معه اذا شعرت بأنه هو الأمان بالنسبة لها.

لكي تشعر بوجودها وأنوثتها، لكي تشعر بالحب والحماية وليس الاضطهاد والاستغلال، لكي تشعر بالحياة وتفهم معناها.

قد يفوت الشخص الكثير علة نفسه إذا لم يجد توأم روحه الذي يشاركه تلك التجربة، لكي يعيش تلك التجربة كاملة، تجربة الحياة.

كان هذا الحلم مشترك بين كل البنات، ولكن أكثر واحدة كانت تريد الزواج والتحرر من حياة العبودية في بيت والدهن هي اوبين، وقد أصبحت رغبتها بالزواج أقوى من ذي قبل فقد أحبت المذيع.

ولم تعد تريد الزواج من أجل الهروب من حياتها في بيت والدها بل أصبح لها هدف آخر والذي كان أن تعيش مع حبيبها ذلك الشاب الشهم الذي طلب منها الزواج وهو مستعد لفعل المستحيل لأجلها.

لقد كانت تصرفاته لأجلها مؤثرة، فهذه أول مرة يبذل شخص ما جهدا لأجلها أو لأجل أي من أخواتها.

حب وشوق للحرية

كان الأمر مختلف بالنسبة للبنت الكبرى التي كانت لا تفكر في الزواج على عكس أخواتها وهذا راجع لكونها تخاف من والدها خوفا شديدا، بل هي تشعر بالرعب منه ولا تستطيع أن تخالف له أمرا أو تعصيه في شيء.

وهكذا بعد أن عزمت اوبين على الهرب قررت أن تنتهز فرصة مرض والدها لكي تهرب، ففي ظروف أخرى لن تتمكن حتى من الوصول إلى باب البيت.

مازال أدريان يمر من الشارع الذي به بيت اوبين كل يوم صباحا ومساء، ويقف أمام نافذتها لوقت معين.

تمكنت أوبين من سرقة نسخ من المفاتيح لأن أختها الكبرى لم تكن حريصة جدا مثل والدها، وهكذا قررت الفرار.

أرسلت إشارة إلى حبيبها مع بائع الحليب، فطلبت منه أن يوصل رسالة إلى الشاب الذي يقف أسفل المبنى وأن يخبره بأنها موافقة وسوف تفعل ذلك اليوم الساعة التاسعة مساء.

سعد المذيع بذلك الخبر السعيد، فانتظرها في الأسفل، لقد قضى ساعة في الانتظار فقد جاء مبكرا من شدة شوقه لهروب حبيبته.

محاولة الهروب

في تلك الليلة خلدت كل البنات للنوم في الموعد المعتاد، وأغلقت عليهن أختهن الكبرى أبريال غرفهن، وخلدت هي للنوم على الكنبة في غرفة والدها بعد أن تأكدت من أن الجميع قد خلدوا للنوم.

كان الوالد يتناول دواء يجعله ينام لمدة ثمانية ساعات فلا يشعر بشيء مما يدور حوله.

من العادة أن تصحوا الفتيات الساعة السابعة صباحا، فيغتسلن ثم يلتفون حول والدهم في غرفته يتناولون طعام الإفطار مع بعض، ويقصون الحكايات لبعضهن البعض، وهكذا يقضون الوقت في مرح وجو يملؤه الحب.

عندما تأكدت أوبين من أن الجميع قد ناموا، فلم تعد هناك أية حركة في البيت، دقت الساعة التاسعة ففتحت الباب بكل هدوء، خرجت وأغلقت الباب وراءها.

لقد وضعت بعض الوسائد في سريرها ووضعت الغطاء فوقها لكي لا تظهر بأنها مجرد وسائد.

خرجت اوبين بكل هدوء وحذر وهي لا تريد أن يحدث أي أمر يفسد خطتها، لقد كان الوالد يعطي ابنته قرص منوم قبل أن يتناول هو قرصا وذلك لكي يجعل ابنته تخلد للنوم، فينام وهو متأكد من أنه لن يحدث أي مكروه حتى الصباح.

أغلقت اوبين الباب وراءها وانسحبت وخرجت بكل هدوء، لم تكن أوبين تصدق ما تفعله، ولا تصدق مدى جرأتها لفعل ذلك الأمر الخطير وغير المعقول.

ورغم كل تلك المخاطرة إلا أنها كانت تشعر بالسعادة العارمة لأنها وأخيرا سوف تصبح مع حبيبها، بعد لحظات، بعد ثواني معدودات.

لقد كانت تحلم بالحرية والحب، كانت متشوقة لأن تتوحد مع حبيبها، وتتزوج به وأن تعيش حياتها بالشكل الذي تريد وبالحب الذي كان أدريان يعدها به.

لقد كانت لأوبين أحلام كثيرة، الحب والزواج وإنجاب الأطفال، الحرية والخروج للشارع وقتما تشاء، كانت تريد أن تتحرر من كل المعيقات، من كل التقاليد التي تربت عليها، كانت تريد أن تجد عملا وتصبح سيدة عاملة، سيدة نفسها سيدة تستطيع فعل أي شيء وفي أي وقت تريد.

ومن أحلامها أيضا حلم آخر كانت تتشوق لأن يتحقق، لقد كانت تحلم أوبين بقص شعرها، نعم لم تكن تريد ذلك الشعر أن يرافقها في حياتها القادمة، قص شعرها كان حلما يطاردها منذ أن كانت مجرد طفلة صغيرة.

لم تكن اوبين تريد أن تقص من شعرها فقط القليل بل كانت تحلم بأن تقصه كله، كانت تريده قصيرا مثل شعر الرجال، مثل شعر أدريان.

ومع أن خرجت اوبين من المبنى حتى وجدت حبيبها وحلم حياتها أدريان يقف أمام بيتها ينتظرها.

أمسك أدريان اوبين من يدها وأسرع، وقال لها بأنه قد جهز لها مفاجأة، فأخذها مباشرة إلى الكنيسة، وعقد قرانهما هناك، فأعلنهما القس زوج وزوجة.

قبل أدريان عروسه وأخبرها بأنه سوف يقنع والدها بالحب الذي يجمعهما عندما يجد فرصة لذلك وسوف تكون تلك الفرصة قريبة جدا.

لقد كانت أوبين تشعر بسعادة عارمة فقالت له بأنها تريد أن تقص شعرها، ولكنه أقنعها بأن تفعل ذلك فيما بعد وليس الآن خاصة وان والدها طريح الفراش، فبرما لن يستطيع ذلك الرجل الكبير سنا أن يتحمل صدمتين من ابنته الصغيرة، زواجها وخسارة شعرها.

زوجان في مواجهة الحقيقة

عندما عاد الزوجان إلى بيت أدريان، عش الحب وبيت الزوجية، تفاجأ أدريان بما رآه، لقد كانت صدمة بالنسبة إليه، بعد أن أصبح الزوجان لوحدهما، وتجردت العروس من كل ثيابها، اكتشف أدريان بأن أوبين رجل وليست امرأة.

ولكن أوبين لم تكن تعلم ذلك، لقد عاشت حياتها في جسد رجل وهي تعتقد بأنها فتاة، كانت رجلا بكل معنى الكلمة، رجل بشعر طويل، ليس لديها أثداء ولها

عضو ذكري مثلها مثل الرجال تماما ولكنها كانت تجهل ما هي عليه.

اعتقدت بأنها هكذا هي فتاة، لقد كانت تتم معاملها دائما على أنها فتاة، وتنهر عندما لا تشعر بالخجل، ويقوم والداها بإلباسها ملابس الفتيات، والغريب ولكن ليس غريبا جدا هو أنه لم يكن لديها شعر على شاربها أو في لحيتها رغم أن شعر رأسها كان طويلا وينمو بشكل سريع.

في أوراق هويتها كان مكتوبا الجنس أنثى ولكنها لم تكن أنثى على الإطلاق بل وكانت تجهل ذلك.

فعلا كانت تجهل ذلك لأنها فور دخولها مع أدريان كانت تقبله بحرارة وتخبره كم هي تحبه، لقد كانت تعلم ومن خلال تربيتها بأن الفتاة المرأة الأنثى عندما ترتبط هي ترتبط برجل محترم يقدرها ويجعلها تشعر بالأمان معه.

وهذا ما شعرت به أوبين عندما كانت تعتقد بأن فتاة مع أدريان شعرت بالأمان معه شعرت بالحماية، شعرت بمشاعر لم يوفرها لها والدها الذي كان يضطهدها ويستغلها.

لذا هي اقتنعت بالحياة والحب والحرية كلهم يرتبطون بأدريان الذي طلب يدها للزواج.

صدمة..

في الحقيقة لم تكن لدى أوبين عندما كانت تعتقد بأنها فتاة ثقافة جنسية ولم يتم تلقينها أية معلومات عن اختلاف جسد المرأة والرجل والعلاقات وما إلى ذلك، كلما تعرفه هو ما قرر والداها أن يعلماه لها ولا شيء غير ذلك.

كانت تعرف فقط بأن الرجل يلبس ملابس تختلف عن النساء مثل والدها.

كانت تعرف بأنه ينمو للرجل ذقن مثل والدها وأدريان الذي لديه شارب.

ولكنها كانت تعرف بأنه للفتيات والنساء أثداء ولكن ليست كلها بنفس الحجم، فوالدتها كانت بدينة ولها أثداء بارزة، كانت تبرزها من فساتينها مفتوحة الصدر، وأختها الكبرى أبريال أيضا بدينة وأثداؤها تبرز تحت ثيابها، ولكن أختاها ادلينا اندريا كانتا تمتلكان أثداء أصغر حجما وخاصة اندريا فهي الأقل حجما من الجميع.

وعندما سألت اوبين والدتها ذات مرة قديما عن السبب وراء أنها ترى بان كل أخواتها يبدون مثلها (مثل الوالدة) من حيث وجود الأثداء التي تجعل فساتينهم أكثر جمالا منها، فكان جواب والدتها بأن حجم الثدي يتحكم فيه الوزن وأوبين كانت نحيلة منذ صغرها.

ثم أضافت والدتها جملة لازالت اوبين تتذكرها إلى هذا اليوم وقالتها على سبيل المزاح.

قالت لها:

أنظري ولأن والدك له وزن زائد يكاد يصبح لديه أثداء وضحكت لكي تغير الموضوع.

ثم قالت لها لا تقلقي يا عزيزتي عندما تقعين في الحب سوف يحبك الشخص الذي يقع في حبك مهما كان شكلك.

ومنذ ذلك اليوم أصبحت الوالدة تختار لأوبين فساتين مغلقة من ناحية الصدر، فساتين بقصات تخفي عيب عدم وجود الصدر فلم يلاحظ أحد شيئا.

وكان هناك أمر آخر يقوم به الوالدان وهو عدم اختلاط الفتيات مع بعضهن عندما ينزعن ملابسهن ويرتدين الملابس الخفيفة للنوم، ويغلق الوالد عليهن غرفهن.

وأيضا وقت الحمام الذي كان له طقوسه الخاصة.

لقد كان السيد ماريوني حريص جدا ولعب لعبة دامت لأكثر من 42 سنة على بناته.

بعد أن تفاجأ أدريان بما كانت تقوله له أوبين، أي بما كان يقوله له الشاب أوبين وليس عروسه اوبين، والدموع التي كانت تنهمر من عينيه وهو لا يعلم ما يحصل ولا لما فعل والداه ما فعلا.

جلس معه وقام بتهدئته وأعطاه منامة من ثيابه لكي يلبسها وأخبره بأنه سوف يساعده ولن يتخلى عنه، فهو في الأول والأخير شخص طيب بغض النظر عن جنسه، كما أخبره بأنه سوف لن يتخلى عنه لأنه أصبح ذكرا بل سوف يساعده لكي لا يرجع إلى تلك الحياة الكاذبة مرة أخرى.

طلب منه أن يعتبره صديق له أو حتى أخ له وسوف يحقق وعده له بالحماية والمساعدة.

أخبره أوبين بأنه اعتقد دائما بأن الأنوثة تكمن في الشعر الطويل وهذا ما أخبره به والداه.

جهل وتجهيل

وبعد أن هدأ أوبين قليلا قام أدريان وأحضر له بعض المجلات التي لم ير لها أوبين مثيلا سابقا.

حاول أدريان أن يمتص الصدمة التي تلقاها فقد فجع فزوجته رجل مثله وليست امرأة حياته التي أحبها وكان يحلم بها، كان ينظر إليها ولا يصدق ما حصل معه.

جلس على الكرسي المقابل له وفتح له صفحات المجلات وقال له:

انظر يا أوبين هذه صور نساء عارية وهذا هو شكل النساء بلا ملابس

انظر هذه امرأة بلا شعر مطلقا ولكن هذا هو جسدها انه يشبه جسد المرأة الأخرى على الصفحة الأخرى التي بالشعر.

التشابه في شكل الجسد والأعضاء وليس الشعر

يمكنك أن تعرف المرأة حتى وان ارتدت ثيابها وحلقت شعرها، ولكن الفساتين التي كنت ترتديها كل حياتك فضفاضة منتفخة في الأسفل ومغلقة عند الصدر والشعر الطويل وإصرار والديك على انك فتاة جعل كل الناس يعتقدون ذلك.

فلو ألبس أنا فستانا سوف يعرف الناس أنني رجل لأن لدي شارب.

ولكن هذا أمر ساعد على إخفاء حقيقتك انه لا شعر على وجهك ولكن هذا ليس غريبا لأنه يوجد رجال كثيرون لا ينمو لهم شعر على الشارب أو الذقن.

انظر هذا رجل عاري، إنه مثلك ومثلي.

وهذا رجل بلا لحية مثلك تماما

وهذا رجل

وهذا رجل

كلنا لدينا هذه الأعضاء

لا تشح بنظرك، يجب أن لا تخجل أنت رجل والرجال لا يسحون من هذه الأمور

أنظر

أنظر

هل فهمت الآن؟

كان أدريان يحاول أن يساعد اوبين على اجتياز تلك المحنة.

ثم قال له يمكنك أن تعرف الفرق أيضا من خلال مشاهدة التلفاز والأفلام والأشرطة، وأيضا القنوات الإباحية والكثير.

حتى الأطفال الصغار يعرفون الفرق جيدا.

أخبره أوبين بأنه لم يكن لديهم تلفاز ولا يسمح بمثل هذه المجلات، فقط الراديو.

لقد شعر أدريان بالأسى على حالة أوبين ولكنه لم يشأ أن يضغط عليه فالمغامرات التي قام بها لهذه الليلة كافية.

بكى أوبين كثيرا كثيرا جدا وأخبر أدريان بأنه يريد أن يصبح رجلا، يريد أن يصبح حقيقته وليس ما أوهموه به.

أخبره بأنه يريد أن يعيش على طبيعته وليس بهذا الشكل بعد الآن.

أخبره بأنه يريد أن يقص شعره، بل أن يحلقه تماما لكي يتخلص من تلك الشخصية الزائفة.

لقد أصبح أكثر إصرارا على قص شعره أراد أن يلقن والده درسا لا ينساه.

هدأ أدريان اوبين وقال له بأنه يوافقه الرأي بأن والده رجل سيء وأناني ولكن يجب أن يتسرع.

ثم قال له:

أنت لا تريد العودة إلى ذلك البيت والعيش هناك مجددا، أنت تريد أن تبدأ حياتك كرجل.

يجب أن تفكر في حياتك ونفسك وليس في والدك والانتقام

ثم أضاف وقال:

أنا لدي تساؤل، هل تظن بأن أخواتك فتيات أم أن إحداهن مثلك أنت تم خداعها.

فإن كانت إحداهن رجلا يجب عليه أن يقم له يد المساعدة، فما يعشن فيه ما هو إلا ظلم ويجب أن لا يكون أنانيا مثل والدهم بل يجب أن يجعلهن يخرجن مما هن فيه.

لم يكن اوبين متأكد بأن أخواته بنات إلا الأخت الكبرى أبريال التي كان لها أثداء ظاهرة جدا ولكن ربما فقط مثلما أخبرته والدته ذات يوم ربما ليست أثداء فقط سمنة تعاني مثلها، لم يكن يستطيع أن يجزم ويتحمل ذنبها أو ذنب أي من أخواته.

لشعر شعر أديان بالأسى قليلا على أخواته ولكن كان الخوف يتملكه من والده.

لكن أدريان شجعه وقال له بأن لديه خطة

فان فر لوحده لن يعيش بسعادة وسوف يؤنبه ضميره إلى الأبد.

لذا كانت خطة أدريان الذي قرر أن يساعد اوبين وكل أخواته للتحرر من والدهن السيئ.

فقال له:

الخطة التي لدي هي أن تتأكد من جنس أخواتك أولا فإذا كان بينهم رجل مثلك أو كن جميعا رجال سوف تواجهون والدك جميعا لكي تتحرروا من عبوديته

أما إذا كنت أنت الرجل الوحيد ففي تلك الحالة سوف يكون عليك مواجهته لوحدك مواجهة فردية لكي يعلم بأن عرفت الحقيقة ولست خائفا منه بعد الآن.

أوبين:

كيف أتأكد من جنس أخواتي، ماذا تقصد؟

أدريان:

إذا كنت مستعدا لتقديم المساعدة لهمن وإذا كنت تريد فعل ذلك سوف أخبرك بالخطة التي لدي

أوبين:

ولكن أنا خائف

أدريان:

لا تخف يا صديق أنا معك وسوف أساعدك مهما كانت الظروف لقد وعدتك سابقا وها أنا اكرر وعدي سوف أساعدك.

أوبين:

ما العمل إذن؟

أدريان:

يجب أن تعود إلى البيت

أوبين:

لا رجاء أنا لا أريد ذلك

أدريان:

أنت لن ترجع إلى الأبد، أنت سوف ترجع فقط مؤقتا ومن أجل أخواتك لأنهن ظلمن مثلك تماما، وأيضا من أجل نفسك سوف يؤنبك ضميرك إن أصبحت جبانا ولذت بالفرار ولم تلتفت وراءك.

أوبين:

حسنا ما العمل؟

أدريان:

أنت موافق؟

أوبين:

نعم

أدريان:

جيد، لقد كنت أعلم أنه لديك قلب نقي.

أوبين:

شكرا

أدريان:

اسمع الخطة هي كالتالي

يجب أن تعود إلى المنزل هذه الليلة، وأن تتصرف على طبيعتك وكان شيئا لم يحدث.

أوبين:

كيف؟

أدريان:

يجب أن تكون هادئا مطيعا كما العادة وأن تتصرف كفتاة مثلما تعودت، يجب أن لا يختلف أي شيء في تصرفاتك

أوبين:

وكم أبقى من الوقت هناك؟

أدريان:

من الأفضل أن لا تبق كثيرا، فقط إلى أن تتحصل على المعلومات التي نحن في حاجة إليها.

أوبين:

ماذا تقصد؟

أدريان:

اسمع سوف تعود إلى هناك من أجل أخواتك ولكي تتأكد ما إذا كانت إحداهن رجلا

أوبين:

كيف تريدني أن أفعل ذلك

أدريان:

يجب أن تتلصص عليهن عندما يدخلن الحمام ولكن احرص أن لا يكشف أمرك وإلا علقت هناك وربما دخلت في مشكلة جديدة، فربما لو رأته إحداهن يتلصص انزعجت واشتكت إلى والدها، من يدري.

العودة إلى السجن

وهكذا بالفعل ما قام به أوبين من أجل أخواته التي عاش معهن كل حياته وه يعلم بأنهن تعرضن لمثل ما تعرض له تقريبا من ظلم، فقد كن يعشن في نفس الظروف.

عاد أوبين وتسلل بهدوء إلى البيت ونام في سريره وأغلق الأبواب، فلم يشعر به أحد خاصة أن الوالد وابريال يتناولان الحبوب المنومة.

وفي اليوم التالي وكلما دخلت إحدى البنات إلى الحمام للاستحمام حتى اغتنم اوبين الفرصة واختلس النظر لكي يحدد جنسها.

أوبين الذي لم يذق طعم النوم تلك الليلة بل بقي ساهرا يفكر في حياته والخداع الذي تعرض له، اكتشف في ذلك اليوم بأن كل أخواته فتيات وأجسامهن تختلف عن جسده تمام الاختلاف، جسده مثل جسد أدريان الذي رآه عاريا ليلة أمس.

لقد صدم أوبين لأنه اكتشف بأنه الوحيد الذي تم خداعه وباقي أخوات هن فتيات وتلك حقيقتهن، لقد عانوا جميعا من التحكم والاضطهاد والاستغلال ولكنه هو وحده من عانى من الخداع.

رغم أنه شعر ببعض السعادة من أجل أخواته إلا أنه كان حزينا جدا على نفسه.

لقد تم خداعه لمدة 36 عاما وهو يعيش في كذبة كبيرة، لقد حمل والده كل الذنب لأن والده كان مسيطرا

ومتحكما، أما بالنسبة لوالدته فقد كانت امرأة ضعيفة مغلوب عليها، كانت حنونة ويسهل التحكم بها.

لم يكن اوبين حاقد على والدته المتوفاة ولكنه كان بالفعل يحقد على ذلك الوالد الظالم.

خطة محكمة الأطراف

وبعد ذلك وبطريقة أو بأخرى استلم اوبين الحليب من الصبي الذي يقوم يتسليم الحليب إلي بيتهم كل يوم وأرسل معه رسالة لأدريان بأن لديه أخبار يريد أن يخبره بها.

لقد كان هذا تصرفا ذكيا منه أن يقنع أخته الكبرى باستلام الحليب لكي يتبادل الأخبار والرسائل مع أدريان.

الأمر لم يكن سهلا أن يقنعها ولكنه تمكن من ذلك، فقد كان والدها حريصا على أن تقوم هي شخصيا بكلما ما كان يفعله بنفسه.

لقد كان الوالد السيد ماريوني هو من يستلم الحليب، يرمي القمامة، ويشتري كل الأغراض للبيت.

فقام بإحالة بعض المهام لابنته ابريال، أما بالنسبة للقمامة فقد أوكل مهمتها لطفل صغير ابن جاره مقابل مبلغ من المال، كما أن جاره قد اشترى لهم كما يمكن أن يحتاجونه.

في المساء لم يأت صبي الحليب لاستلام القارورات بل جاء بدلا منه أدريان الذي أعطى الصبي بعض المال لكي يحل محله، كانت الفتاة الصغرى اوبين ، أو بالأحرى الشاب اوبين هو من قرر أن يسلم صبي الحليب القارورات ونجح في إقناع أخته الكبرى بفعل ذلك.

فكلمه من عند الباب بسرعة وسرية حتى لا تلاحظ أخواته ما يحدث، فأخبره بأنه اكتشف بأن كل أخوات هن فتيات إناث.

لم يتفاجأ أدريان كثيرا بتلك المعلومات ولكنه كان سعيدا من أجل الفتيات، فقال لهم لا يهم كلما ما نحن متأكدان منه هو أن والداك قاسيان وأنك تعرضت لظلم كبير فقد سجناك في هيأة فتاة لمدة 36 سنة رغما عنك وأخفوا عن الحقيقة.

اخبره أدريان أن يصبر لبعض الوقت إذ يجب أن يجد له خطة محكمة لكي يخرجه من هذه الحياة إلى الأبد وبدون رجعة وبدون عواقب، ومن أجل أن يتحرر نهائيا ويبدأ حياة جديدة.

لقد كان أدريان يفكر في خطة معينة، لذا طلب من أوبين أن يبحث في البيت عن أية مذكرات أو وثائق قد تحمل شيئا عن حياتهم السابقة، مثلا مذكرات والده أو والدته، فربما يكون والده أو والدته قد دونا شيئا مهما أو كتبا السبب الذي دفعهما لفعل ما فعلاه.

لقد طلب منه أن يقوم بالبحث جيدا في كل الغرف إن استطاع، واخبره بأن يكون حذرا، وأن يحاول قدر المستطاع أن يتصرف بحذر وحذر شديد، كما طلب منه أن لا يكون هناك احتدام أو مواجهة أو صراع بينه وبين والده أو حتى أخواته.

وقال له بأن يستغل فرصة مرض والده للبحث والتحرر فقد وعده بأن لا يطول بقاؤه في ذلك السجن الذي هو منزل والده إلا تلك الفترة، الأسبوع الذي طلب الطبيب من السيد ماريوني البقاء في الفراش.

لم يكن أوبين في تلك المرحلة يطيق تلك الثياب التي يرتديها ولا ذلك الشعر الذي سجنه في سجن أنثى.

لم يعد أوبين يطيق كل تلك الحياة التي لطالما كان مرغما عليها، بل هو يريد أن يعلن لكل الناس بأنه رجل، ولكنه كان يثق بأدريان ويسمع كلامه لأنه كان شخص صادق وشهم.

بحث أوبين في كل الغرف وقام بتمشيطها، لقد كان الوضع مختلفا مع ولده في الفراش فطالما كان يراقب

كل حركة من تحركات بناته بينما يمكن التخلص من مراقبته الآن وهو في فراشه.

كان أوبين يعتذر ويتحجج بإعداد الطعام التنظيف الغسيل الدخول إلى الحمام كثيرا وغيرها من الأعذار لكي يفتش في كل غرفة في البيت.

لم يجد شيئا مهما في غرف البنات لأن الوالد كان حريصا على أن لا تحتوي غرفهن على الكثير، لا وجود للدفاتر على الإطلاق، حتى الكتب لم تكن متوفرة لأنهن لا يجدن القراءة إلى تلك الدرجة، كانت أدريان الوحيدة التي تمتلك كتابا أو كتابين وتقرأ لأخواتها أحيانا قراءة بتهجئة الحروف وأيضا بطريقة ليست سليمة.

لقد اكتشف أوبين بأن والده رجل ماكر فقد كان يحتاط لكل شيء، هنا فكر في أنه ربما يكون هناك سر في حزمة تلك المفاتيح التي يحملها معه دائما.

ربما يكون هناك سر له علاقة بحياتهم وتاريخهم وقصتهم في تلك المفاتيح الكثيرة.

كان أدريان قد أخبر أوبين بأنه لو اكتشف بأن كل البنات ذكور كان سيبلغ الشرطة ويقوم بشن حملة إعلانية على الرجل الظالم، وكان ليساعدهم في رفع قضية على ذلك الرجل الذي انعدمت منه الإنسانية، انه وحش في شكل والد.

ولكن عندما علم أدريان بأن أوبين هو الذكر الوحيد قرر أن يساعده لإيجاد حل دون أن يدخل أخواته في تلك المعركة.

معركة الحرية

كانت معركة من أجل نيل الحرية، ولكن لقد فكر أدريان بأن يخرج أوبين بطريقة سلمية، قرر أن يجعله يبدأ حياة جديدا بعيدا عن كل هذا الظلم بدون أن يتواجه مع والده وبدون أو يورط أخواته في أمر قد لا يستطعن تحمله.

كما أنهن من المحتمل أن لا يستطيع التشافي من صدمتهن في ذلك الوالد الذي لم يكن كما يظهر، ليس على حقيقته.

لم يبق أمام أوبين إلا غرفة والده وهذا كان أصعب أمر عليه، أصبح بتحين فرصة أن يدخل والده إلى الحمام ولكن ذلك يعطيه الوقت الكافي للبحث والتفتيش لكنه كان يبذل قصارى جهده في البحث وتحين الفرص.

كان يبحث في مساحات صغيرة وفي أوقات ضيقة جدا، ولكنه كان يبحث بلا ملل وبكل إصرار وشجاعة.

فبعد يومين من الاستلقاء في الفراش أصبح السيد مايوني يقضي بعض الوقت في غرفة المعيشة من باب تغيير الجو، اغتنم أوبين فرصة تلك الفرصة وتملص ودخل غرفة والده وفتش فيها مرة أخرى فعثر على ما كان يبحث عنه.

لقد وجد شيئا مثيرا للريبة، أثار حيرته فبث الشك بداخله، وجد في خزانة الملابس مكانا محكم الإغلاق فشك في أن يكون هناك شيء يستحق الإخفاء.

جاء أدريان بطريقته المعتاد واخبر أوبين بأنه جهز له خطة لكي يخرجه من ذلك البيت، وهي خطة محكمة

ولكن يجب أن يتكلم معه في تفاصيلها لأنها تحتاج أن يفهمها جيدا لكي يطبقها.

لذا طلب منه أدريان أن يفر من البيت هذه الليلة كما فعل سابقا وأنه سوف ينتظره لكي يأخذه إلى بيته حيث سوف يشرح له أدق التفاصيل.

أما بالنسبة لأوبين فقد أخبر أدريان بأنه قد فتش كل البيت ولم يجد شيئا، ماعدا الجزء المغلق من الخزانة والذي لم يستطع فتحه ولكنه بالتأكيد سوف يجد طريقة لفعل ذلك.

كان الموعد تلك الليلة بعد التاسعة مساء وبعد أن يخلد الجميع للنوم سوف يخرج أوبين من البيت كما فعلها المرة السابقة لكي يجد أدريان في انتظاره لكي يصطحبه إلى البيت من أجل مناقشة الخطة.

قبل أن يخلد الجميع للنوم دخل السيد ماريوني ليأخذ حماما وابنته كانت تقدم له بعض المساعدة بينما خلدت الفتيات للنوم، وغرفهن مغلقة عليهن، لينما يمتلك أوبين

نسخة عن المفاتيح، اغتنم أوبين الفرصة ودخل إلى غرفة والده.

تمكن أوبين من فتح الخزانة فوجد فيها الكثير من الدفاتر والكراسات المكتوبة بخط اليد، والتي كان عليها الكثير من الكتابة والجداول والمعادلات والمخططات.

جمع أوبين كل تلك الدفاتر التي بدت مهمة فلو لم تكن كذلك لما هي في مكان محكم الإغلاق هكذا، وضعها في كيس، أغلق الخزانة واخذ الكيس بسرعة إلى غرفته وأغلق وراءه الباب.

صدمة أخرى

عندما دقت الساعة التاسعة، خرج أوبين متخفيا وهو يحمل ذلك الكيس المليء بالدفاتر، فتح باب البيت وخرج، أغلق الباب فراءه فوجد أدريان ينتظره أمام البيت.

عندما دخل الشابان إلى بيت أدريان أخبره أوبين بأنه وجد هذه المذكرات والدفاتر ولا يعلم ما كتب عليها ولا من هو صاحبها، ولكنه شعر بأنها مهمة لأن والده كان يخبؤها في سرية تامة.

في تلك اللحظة سمع أوبين طرقا على الباب، على باب بيت أدريان فانتابه خوف شديد، بل ارتعب، ولكن أدريان أخبره بأنه لا يوجد سبب للخوف لأنه يتوقع وصل أحد ما.

طلب أدريان من أوبين عدم الخوف واخبره بأن من على الباب هو صديق له يعمل في مكان مهم، وبأنه سوف يساعدهما على انجاز تلك الخطة بنجاح.

فتح أدريان الباب لصديقه وعرفه على أوبين، شرح له الخطة والتي كانت كالآتي:

بما أنهما قررا أن يخرجا والده من الخطة وكذلك الأخوات، وبما أنهم لم يعودا إلا في حاجة لتحرير أوبين بدون مشاكل وبدون أن يجرحوا الوالد في نهاية حياته وهو مريض وربما أية مواجه قد تجعل حياته تتأزم

لم يشأ أدريان أن يبدأ أوبين حياته على حساب الوالد مهما كان ظالما، فلا يمكن لأوبين أن يسامح نفسه عن

بدا حياته فوق جثة والده، حتى وان كان يكره ولكنه لن يستطيع التفكير بشكل صائب في عز هذه الأزمة لذا قرر أن يفكر بدلا منه.

ولأنه أراد أن يساعده ووعده بفعل ذلك فقد لجا لصديق لكي يجعلا خروجه من تلك الحياة بأقل الخسائر.

فلو فضح المر من المؤكد بأن الجميع لن يرتاح وسوف تفقد عائلة كاستا سمعتها إلى الأبد، ليس فقط الوالد بل كل أفراد العائلة.

أحضر صديق أدريان دواء لأوبين وقال له:

هذا الدواء يجعل قلب من يتناوله يتوقف ويصبح ميتا ولا يستطيع أحد أن يثبت العكس، ولكن القلب يعود للحياة بعد ستة ساعات.

أي أن من يتناوله يموت بشكل مؤقت.

فكانت خطته أن يتناوله أوبين عندما تحين الفرصة المناسبة لكي تعلن وفاته، وبما أن والده سوف يخف من أن تكشف حقيقته سوف يطلب دفنه أو حرقه على

الفور دون أي تأخير لكي لا يفضح أمره ولكنه سوف يتحجج بكونه مريضا ولا يريد لجثة ابنته أن تبقى في المستشفى.

واخبره الصديق بأنهم وبعد أن ترسل الجثة إلى المدفن سوف يستلموها هم ويأخذونه إلى بيت أدريان.

وفي تلك الحالة سوف يتم الإعلان عن وفاة الابنة أوبين وسوف يخرج أوبين من تلك الحياة لكي يولد من جيدي في شكله الحقيقي، رجل، ولكن في مكان آخر بمساعدة أولئك الأصدقاء أدريان وصديقه.

خاف أوبين كثيرا من تلك الخطة الخطيرة ولم يعتقد بأنه يستطيع فعل ما طلبوه منه، ولكن أدريان كان شجاعا وتصرف كعادته فشجعه وأخبره بأنه سوف يدعمه إلى اللحظة الأخيرة.

كما أخبره أدريان بأن هذا هو الحل الأمثل لكي لا يعيب أخواته، فإذا كشف للناس ما فعله والده سوف يتحرر من شكله ووالده ولكنه سوف يسجن داخل

فضيحة ولن يرحمه المجتمع، بل ولن يرحم أخواته، سوف يعيبهم المجتمع رغم كل شيء وربما لن تكون أمامهن فرصة للعيش ككل الناس.

في تلك الحالة يكون عليه أن يتحمل ذنبهم لأنه قد ظلمهم بعد ظلم والدهم، وقرر أن يترك لهم مجالا للعيش بكرامتهم أمام الناس وأن لا يورطهم في فضيحة بينه وبين والده ولا دخل لهن فيها.

بعد طول تفكير وحيرة وتردد وخوف، خوف شديد، خوف من كل شيء، خوف من كل ما قاله أدريان، وافق أوبين على تلك الخطة التي لم ير منفذا غيرها.

أخذ أوبين الدواء وخبأه في جيب في معطف كان يرتديه، وغادر صديق أدريان الذي كان وراءه عمل.

بقي أدريان وأوبين، فطلب أوبين من أدريان أن يقرأ له ما كان مكتوبا على تلك الدفاتر وأن ير أن كان هناك شيء مهم مدونا عليها، فهو كان يفكر في إعادتها لأي

مكانها قبل أن يكتشف والده اختفاءها، لقد مازال خائفا منه كما تعود.

تصفح أدريان تلك المذكرات والدفاتر بشكل سريع لكي يعرف المحتوى الذي بها.

وجد فيها تركيبات واختبارات لمواد كيميائية بمعادلات معينة وبنسب معينة، كان قد سمع من قبل بأن السيد ماريوني قد كان رجلا يهتم بالكيمياء ولكنه يعرف بأنه خسر أمرا ما في عمله فتقاعد باكرا.

ولكن عندما بحث عهنا وهناك وجد بأن كل التركيبات الكيميائية والتي قرأها جيدا هي تركيبات من أجل اختراع دواء لتطويل الشعر.

اكتشف أدريان بأن السيد ماريوني كان يبحث عن دواء لتطويل الشعر، وعندما اكتشف التركيبة أخفى الأمر عن الجميع.

وبعد ذلك وجد تركيبة أخرى لمنع نمو الشعر في الوجه ومناطق أخرى، يبدو أنه استعملها على أوبين لكي يظهر شعر في وجهه فيفسد خطته.

لقد منع هرموناته الذكورية من التدفق، يبدو انه كان رجلا ذكيا جدا، وناجح في عمله الكيميائي.

المكتوب على تلك الصفحات ذات التواريخ القديمة أن بعض التركيبات كانت ناجحة والبعض منها باءت بالفشل.

وكانت هناك مذكرة أخرى مكتوب عليها مذكرات خاصة عن حياة السيد ماريوني وزوجته وبناته.

أكثر أمر كان يهم أوبين وأدريان الذي لم يكن قادرا على قراءة كل تلك الدفاتر هي حياة أوبين وكلما ما يخصه.

فسأل أدريان أوبين عن تاريخ ميلاده وعندما أخبره فتح الصفحة التي بذلك التاريخ فوجد ما كتبه السيد ماريوني عن أوبين وقال:

السيد ماريوني يقول بأن هذا اليوم كان أصعب يوم مر به في حياته، لقد كان يوم اسود، أسوء يوم في حياته.

لقد تشاجر مع زوجته التي أنجبت له ولدا ذكرا، فقرر أن يقتله في نفس اللحظة التي ولد فيها ولكنه زوجته الضعيفة قد منعته بكلما تمتلكه من قوة.

استعطفته تلك الزوجة الضعيفة بالدموع فعفا عن حياة الوليد.

فكر كثيرا في تلك المصيبة التي وقعت له، وبعد تفكير توصل لإيجاد حل لهم جميعا، حل له ولزوجته وللطفل.

قرر السيد ماريوني أن يحول الطفل إلى فتاة.

كان للسيد ماريوني مهارات جراحية فقد كان من يشرف على توليد زوجته، لذا قرر أن يقوم باستئصال كل الجهاز التناسلي الخارجي للطف المولود حديثا.

ولكنه زوجته وقفت بينه وبين الطفل، لم تكن الزوجة تعارض زوجها في شيء، بل كانت تبحث عن حل بديل يرضي كل الأطراف.

اقترحت الزوجة المسكينة التي كانت يائسة إلى حد كبير على زوجها العزيز بأن يعلنوا بأنه قد ولد لهم طفل ذكر وسوف يعاملون الطفل على انه طفلة دون أن يعلم الحقيقة أي أحد ووعدتها بكتمان السر وتحقيق له كلما يريد.

وهكذا عرف أبين كيف أن بدأت حياته بشكل فتاة وهو ولد مذكر، فقرر بإصرار أكبر أن يموت كفتاة ويبدأ حياته الحقيقية كرجل.

أخذ أوبين الدفاتر والمذكرات ولكن أدريان استأذنه بالاحتفاظ بالدفتر الذي بداخله أوراق كثيرة عليها

التركيبة الصحيحة لتطويل الشعر لكي يقوم بنسخه ثم يعيد لأوبين صباحا عندما يذهب لتسليم الحليب.

كان يرى أدريان بأن التركيبة صحيحة ومن الأنانية إخفاؤها عن الناس، فقد أخفاها السيد ماريوني لكل هذه السنوات لأكثر من 38 سنة أو أكثر.

الهروب الأخير

عاد أوبين إلى البيت وهو مصدوم، لقد كان مصدوم حقا في والده الذي اكتشف بأنه كان يكرهه ويحتقره، ولم يحبه يوم ولد بل سعى لقتله.

كان أوبين مفجوعا ويشعر بكسر في قلبه.

بعد أن أوصل أدريان أوبين إلى بيت والده، غادر مسرعا بعد أن تأكد بأن أوبين قد دخل إلى البيت، كان يحمل ذلك الدفتر المليء بالأوراق مختلفة الأحجام.

كان الجو ماطرا تلك الليلة، والأرض زلقة، لم ينتبه وهو يسير في الشارع لكي يعبر، فصدمته سيارة ووقع

على الأرض وتناثرت الأوراق التي طارت في السماء ثم سقطت بشكل مبعثر هنا وهناك.

أوراق سقطت في برك صغيرة وأخرى أبحرت مع المجاري وأخرى مرت عليها سيارة حتى وصل الإسعاف فلم يتنبه الجميع لتلك الأوراق التي لم تبدو بمدى أهمية حياة رجل واقع على الأرض.

تم إسعاف أدريان وأخذه إلى المستشفى.

فكر أوبين في التخلي من تلك الحياة بأسرع ما يكون لذا قرر أن يقوم بخطة الموت المزيف.

عندما جاء صبي الحليب في الصباح، استغرب أوبين ولكنه لم يهتم لذلك كثيرا فأخبره أن يوصل رسالة إلى أدريان وأن يخبره بأنه عزم على تنفيذ خطتهما اليوم، واليوم بالذات فلا يسعه الانتظار ولن ينتظر ليوم آخر.

لم يكن صبي تسليم الحليب يعلم بالحادث الذي وقع للمذيع أدريان لذا كان يريد أن يوصل تلك الرسالة لكنه لم يتمكن من فعل ذلك.

بعد أن أرسل أوبين تلك الرسالة إلى أدريان سارع من فوره دون أن ينتظر رد أدريان.

بعد أن قامت الأخت الكبرى أبريال بتجهيز طعام الإفطار لاحظت بأن أوبين قد اختفت عن الأنظار، توجهت إلى غرفتها بعد نادتها عدة مرات، فوجدت بأن أختها الصغيرة على سريرها وكأنها تغط في نوم عميق.

لقد كانت نائمة بلا حراك وكأنها ميتة، حاولت معها ولكن الفتاة لم تكن تتحرك أبدا فراحت تصرخ.

فجع السيد ماريوني عندما أخبره الطبيب بأنه من الظاهر بأن الفتاة ميتة، لقد فحصها فقط من الخارج وبشكل خفيف لأن السيد ماريوني كان لا يسمح لأحد بأن يلمس بناته حتى لو كان الطبيب.

لقد كان للسيد ماريوني تخوف من أن الطبيب لو كشف على البنت أكثر ربما يكتشف بأنها رجل ويفضح أمره.

قرر السيد ماريوني أن يجهز ابنته للدفن مباشرة بعد إعلان الطبيب لوفاتها، فطلب من ابنته الكبرى أن تخرج من خزانتها أجل الثياب وقام بتمشيط شعرها وكان هو من حرص على أن يلبسها ثوبها الأخير وطلب أن يتم دفنها على الفور لأنهل م يعد يتحمل رؤيتها على سطح الأرض وهي بدون حراك.

لقد رافق بناته وجاره وحرص على دفنها كما هي فورا.

لم يقم جنازة بل اقتصر الأمر فقط على بناته وجاره الذي كان يساعده في المشي وهو من كان يقود السيارة التي تبعت سيارة المدفن التي بها جثة أوبين.

قدر مختلف

وبعد فترة لا يعلم أحد إن كانت ساعة أو ساعتين أو حتى أكثر من ذلك أو أقل حتى صحا أوبين، فوجد نفسه على طاولة وكأنه في مشرحة عاريا تماما.

ليس هذا ما كان يتوقعه أوبين ولكن كان هذا هو الواقع الذي وجد نفسه فيه.

لم يعرف أين هو بالضبط، الغريب في الأمر أنه كان ممددا على سريرين سرير لجسده وسرير كان شعره مسدولا عليه بكل طوله، وكان هناك غطاء على جسده العاري.

المكان كان يشبه المستشفى، كان أوبين يعتقد في البداية بأن أدريان قد أنقذ حياته، ولكنه عندما قام يكتشف المكان وجد الكثير من الجثث في نفس المكان.

راح أوبين يكتشف المكان فكانت هناك رسومات كثيرة معلقة على الحائط، الكثير من الصور والكتابات، لقد كان كل شيء مخيف.

لقد شعر أوبين بالخوف حقا وعندما رفع الغطاء على الجثث اكتشف بأن كل الجثث مسلوخة الرأس.

وكانت هناك باروكات موضوعة على نماذج هنا وهناك.

وكانت هناك فروة رأس مسلوخة وموضوعة على رأس تمثال.

لقد فهم أوبين مما رآه بأن الأمر متعلق بالشعر، وعرف بأنهم اعتقدوا بأنه ميت، بأنه مجرد جثة وسوف يقومون بسلخ فروة رأسه.

لقد عرف بأن دوره سوف يحين بعد هذه الجثث الممدة على الأسرة، يا للهول لقد تأكد بأنه في مكان سيء.

وفجأة سمع صوت يأتي من الرواق، كان للغرفة التي هو فيها بابا وعندما حاول الفرار من الباب الآخر وجد بأنه موصد، لم يعلم ما يجب فعله.

اقترب الصوت أكثر من الباب الأمامي للغرفة، لقد كانا شخصان يتبادلان أطراف الحديث.

لقد سمع الحوار الذي دار بينهما فقد كانا يتكلمان عن أنهما جاء لكي يأخذا الجثث التي لم يعد السيد بوفير يحتاجها بعد أن نزع عنها الشعر الذي يحتاجه.

لقد كانت هناك ثلاث جثث غيره هو، وكلها مسلوخة فروة الرأس.

فهم أوبين كل القصة واستنتج بأن الرجلين سوف يأخذا تلك الجثث الثلاثة والدور عليه هو.

فكر بشكل سريع ووجد الحل بين الأدوات الحادة الكثيرة الموجودة في ذلك المكان فقرر أن يتصرف بسرعة.

قام بقص شعره من فروة الرأس وجرح نفسه كثيرا بالأدوات الحادة.

وسحب السرير الذي كان عليه شعره ووضعه بالالتصاق بشكل طولي مع سرير إحدى الجثث وادخله تحت الغطاء الذي على الجثة، ثم قرر أن يغير الغطاء لأنه كان ملطخا كثيرا بالدماء على عكس الغطاء الذي كان فوق جسده هو.

وبسرعة البرق استلقى هو على السرير المتبقي ووضع الغطاء المتسخ فوقه وكتم أنفاسه.

ما إن دخل الرجلان حتى انبهر أحدهما بطول ذلك الشعر الممدد على السرير، وأراد أن ينظر إلى الجسد الذي كان يمتلك هذا الشعر.

فنهره صديقه واخبره بأن تلك الجثة هي لرجل، لقد اشتراها السيد بوفير على أساس أنها جثة امرأة بشعر طويل ولكنه اكتشف بأنها جثة رجل، استغرب قليلا ولكنه لم يهتم كثيرا لأن أكثر ما يهمه في تلك الجثة ذلك الشعر.

العالم الثاني:

هل أنت متأكد بأن رجلا كان يحمل كل هذا الشعر ويعيش به؟، يجب أن أرى وجهه وشكله.

العامل الأول:

كف عن العبث وهيا لنؤدي عملنا يجب أن نأخذ هذه الجثث الثلاثة إلى المحرقة، وحرقها للتخلق منها..
ولو رآك السيد بوفير سورازيو دي إدور تحاول العبث بأحد أهم كنوزه سوف يقتلك دون شك.

هيا بنا وكف عن اللعب

العامل الثاني:

حسنا حسنا لا تغضب يا صديقي

بالنسبة للجثة لقد سمع السيد بوفير عن وفاة إحدى بنات كاستا ولم يصد فان كل ذلك الشعر أصبح على جثة، لأنه كان لديه خلفية عن طول ذلك الشعر ومدى صحته فقد قرر أن يشتري الجثة.

دفع السيد كاستا هذه المرة مبلغا خياليا لعامل في ذلك المدفن، وأرسل مساعده الخاص لكي يحقق له الصفقة.

كان العامل في المدفن حتى قبل وصول عائلة كاستا لدفن الجثة، وفور مغادرتهم قام الرجلان بنبش القبر والتحصل على الجثة الثمينة.

أخذاها بعناية وأوصلاها إلى مختبر السيد بوفير في بيته قرب المقبرة.

وكذا وجد أبين نفسه في ذلك المكان عاريا على سرير في مكان يشبه المشرحة.

أخذ الرجلان العاملان في مشرحة السيد بوفير الجثث الثلاثة التي طلب منهم السيد بوفير التخلص منها ووضعوها فوق بعضها البعض كانوا يلفونها في تلك الأغطية المتسخة ويحملونا عشوائيا دون النظر إليها.

رموا بالجثث بسرعة في الشاحنة وتوجهوا إلى المحرقة، لم تكن المحرقة التابعة للمدفن بل كان مكانا لحرق النفايات، لقد كان أحدهما يعمل في المحرقة التابعة للمدفن وهو من قام باستيراد الجثة المسروقة، والآخر يعمل عند السيد بوفير.

وبينما هما ينتظران أن تشتعل النار جيدا كان أحدهما يشرب، والأخر كان يخرج الجثث من الشاحنة فوضعها فوق القمامة.

كان الجو باردا والمكان ذا رائحة كريهة، الوقت ليلا ويمكنك أن تسمع صوت نباح الكلاب.

وبينما هو الوضع كذلك إنْسَلَّ أوبين وزحف على القمامة وفر هاربا، مسرعا لكي لا ينتبه له أحد، أو يلقي أحد ما القبض عليه.

لقد كان عاريا متسخا داميا خائفا، لا يعلم إلى أين هو ذاهب، ولكن كان لأول مرة حر، كان يسير عاريا وكان ولد للتو، لقد كان قد ولود في تلك اللحظة فعلا ولد من جيد ولد على حقيقته ولد ولادته الحقيقية.

مشوار حياة جديد

سار أوبين طويلا حتى خرج من مكان القمامة فخرج في مكان مليء بالمتسولين ومنهم من يشعل نارا في برميل.

كان هناك شيخ متسول رأى ذلك الشاب الهزيل العاري يرتجف من البرد حافيا، فزع معطفه القديم الذي كان يرتديه وأعطاه لذلك الشاب لكي ينعم ببعض الدفء ولكي يستر نفسه أيضا، المعطف كان طويلا قليلا.

تشكر أوبين ذلك الشيخ العجوز، ورغم أنه كان يشعر بالجوع الشديد والبرد الشديد إلا أنه لم يتوقف وواصل سيره.

مشي ومشي، مشى كثيرا حتى وصل إلى مكان كانوا يقدمون فيه الطعام بالمجان وبعض الناس يقفون هناك.

لقد كان المكان مخصصا للمتسولين والمتشردين، كانوا يقدمون الطعام والمأوى، لأن الجو كان شديد البرودة فقد بدا الثلج يتساقط.

لقد كانت أيام عطلة والناس يحتفلون بالكريسماس العيد المجيد، لذا كان موسما للتسامح والخبر والحب.

لقد كان العيد المجيد وقد قدم الرب وجبة مجانية ومأوى لأوبين وهذا يعني بأنه ليس وحيدا في العالم وان الرب موجود.

لقد شعر أوبين بأن العيد يجلب الرحمة والمعجزات، العناية الإلهية كانت موجودة هناك ترعاه.

لقد كان خائفا ومشوش التفكير، وبعد مرور بعض الوقت، تأقلم وتعافى من جروحه وجرح روحه قليلا.

وبعد مرور أيام رأى على شاشة التلفاز، التلفاز الذي لم يكونوا يمتلكونه في البيت، رأى الأخبار فعلم بوفاة والده، إذ قالوا في الأخبار بأن عائلة كاستا المشهورة بالشعر الطويل قد خسرت فردين منها في أسبوع واحد،

فبعد الوفاة المفاجئة للابنة الصغرى أوبين والتي كانت تبلغ 36 سنة توفيت عزباء وربما تعرضت لنوبة قلبية، ربما يتحمل والدها وفاة ابنته الصغيرة، علما أن

السيد ماريوني كوستا معروف عليه أنه متعلق ببناته ويحبهن كثيرا.

كما سمع أيضا في الأخبار عن تعرض المذيع الكوميدي أدريان برونز لحادث سير مروع مما جعله يدخل غيبوبة لمدة يومين ولكن الأطباء يبشرون بتحسنه.

لقد اكتشف أوبين بأنه في مدينة بعيدة عن مدينته، لذا قرر أن يترك الماضي وراءه وكذلك تلك المدينة، وأن يبدأ حياة جيدة، حياته كرجل.

بدأ حياته هناك وقد قدم نفسه للمجتمع على أنه الرجل أوبين القادم إلى هذه المدينة من مكان آخر، لقد فشل في حياته السابقة ويريد أن يبدأ من الصفر معتذرا عن الإجابة عن أي سؤال عن حياته السابقة.

لم يشأ أن يعود إلى أخواته أبدا بل عاش بعيدا عنهن، وعلم بأنهن تحررن وأخيرا من والدهن الطاغية بطريقة أو بأخرى فكان يشعر بالسعادة لأجلهن.

وكان يراقب من بعيد ويحاول دائما أن يعرف أخبارهن، كان يعلم بأنهم قد خسرن أختا ووالدا فلم يشأ أن يجعلهن يخسرن ذكريات والدة ووالده أحبوهن رغم كل شيء، لم يشأ أن يزيدهن حزنا، ولك يشأ أن يضعهن في موقف لا يحسد عليه أحد، لذا قرر الابتعاد والصمت.

كان أوبين قد سمع اسم السيد بوفير الذي ينزع الشعر عن الجثث وسمع بعض الكلام من العاملان فبحث في أمر ذلك الرجل حتى اكتشف بأنه رجل ذا سمعة طيبة يقوم بصنع الشعر المستعار ويبيعه ويقوم بالكثير من الأعمال الخيرية، ولكن ما رآه بأم عينه في المشرحة التابعة للسيد بوفير تثبت عكس ذلك.

لقد بحث أوبين كثيرا في تلك القصة حتى وصل إلى كل التفاصيل فتقدم بإبلاغ عن السيد بوفير إلى الشرطة (بلاغ من مجهول) لقد بحثت الشرطة في الأمر

وعندما توصلت للحقيقة ألقت بالقبض على السيد بوفير الذي اتهم بأنه يتاجر بالجثث.

لقد فجعت تلك المدينة بذلك الخبر الخطير عن السيد بوفير الذي تبن بأنه رجل محتال.

رجل محتال خدع كل المدينة، وخدع زبائنه، مخادع تم إلقاء القبض عليه والزج به في السجن ولقب بتاجر الجثث.

بدأ أوبين حياته بتعلم القراءة والكتابة، بعد أن تعلم كيف يصبح رجلا، كيف يلبس كما يلبس الرجال، كيف يجلس ويتكلم ويتصرف كما يفعل الرجال، رغم انه كان يعيش مع والده وهو رجل في بيت واحد إلا أن الأمر كان صعبا عليه، كانت كل تلك التفاصيل الصغيرة التي يجب أن يتعلمها لكي يصبح رجلا تحتاج وقتا.

الجلوس الوقوف طريقة الكلام والكثير.

لقد اكتشف بأنه يوجد فرق كبير بين الحياة كرجل والحياة كفتاة ولكن كان يجب أن يتبع طبيعته والتي كانت أنه رجل بكل معنى الكلمة.

تعلم أوبين أن يعمل جاهدا كما يعمل الرجال، لقد جرب الكثير من الأعمال.

الاستقرار بكل المعايير

ومع مرور الوقت تعرف على سيدة جميلة فيما بعد ووقع في حبها كما بادلته هي نفس المشاعر، فأسس عائلة معها وأنجبت له ابنا وابنة.

كانت زوجته امرأة طيبة يتيمة تمتلك قلبا رقيقا، حنونة، وكانت تحلم هي الأخرى بتأسيس عائلة.

لم يخبرها عن حياته السابقة واحترمت هي خصوصيته ولم تضغط عليه، لقد كان رجلا شهما طيبا يبذل قصارى جهده لإسعاد عائلته.

أصبح أوبين رجلا مثل كل الرجال، استقر مع تلك السدة أجر بيتا وكان يعمل ويدفع إيجار بيته ويعيل أسرته ويجعل زوجته راضية وسعيدة.

كان يحب ابنه مثلما يحب ابنته ولا فرق لديه بين ذكر وأنثى، لقد أحب زوجته كثيرا واكتشف بأنه رجل سوي وليس لديه أية ميولات جنسية مختلفة.

فتعلقه سابقا بأدريان لم يكن لأجل الجنس بل كان التعلق بأمل لأجل الحرية وكان جاهلا بطبيعة جسده وجاهلا لكثير من الأمور ولكنه وضع كل ذلك وراء ظهر ونسي الماضي بل دفنه يوم مات كفتاة.

الغريب أو المضحك في الأمر أن ابنته كانت متعلقة بقصص الأميرات ولكنها كانت تفضل قصة رابونزل وتحب شعر رابونزل الطويل، أما بالنسبة لأوبين فلم يكن يعترض على حب ابنته لرابونزل بل كان يكتفي بالضحك دون أي تعليق.

لقد تحرر أوبين ولم يفسح المجال لما حدث له سابقا بأن يشكل عقدة له.

ولكن

ولكن كان يحرص على قص شعر ابنته الصغيرة وكان يسميها "أميرتي الصغيرة سنو وايت" "بياض الثلج" بدلا من اللقب الذي تحبه "رابونزل"

بالرغم من أن أوبين قد وضع الماضي وراءه غلا أنه لم يضع أخواته وراءه أيضا.

لقد كان يبحث عن أخبارهن من حين لآخر، كان يعلم بأن البلدية تعتني بهن وبأنهن لازلن يتقاضين راتبا شهريا يجعلهن يعشن بكرامة.

لقد تزوجت كل الفتيات بعد وفاة والدهن ولكن لم تتخلص ولا أي منهن من شعرها حتى وفاتهن، كما لم تحظ ولا أي منهن بابنة بشعر طويل، لم يكن الشعر وراثيا بل كان مثل الطفرة في نظر الناس في تلك

العائلة ولم يعلم أحد بأنه كان كذلك جراء دوار اختره الوالد السيد ماريوني كاستا الذي أخذ السر معه.

ما وصل إلى إسماع أوبين عن أخواته

أولا عن أبريال الأخت الكبرى هو أنها تزوجت ولكنها لم تحظى بأطفال.

أما بالسبة ادلينا

فقد تزوجت وأنجبت طفلا واحدا ذكرا

أما فيما يخص أندريا

تزوجت هي الأخرى وحظيت بثلاث أطفال ذكور

لم تكن الفتيات مثقفات ولا منفتحات على العالم ولكنهن كن طيبات جدا وأيضا كن ثريات فقد ترك والدهن ثروة وراءه وبيتا كبيرا.

لقد اندمجن جيدا في المجتمع وتمكنت كل منهن من أن تسكن قلب زوجها.

Sommaire

www.ingramcontent.com/pod-product-compliance
Ingram Content Group UK Ltd.
Pitfield, Milton Keynes, MK11 3LW, UK
UKHW041824200726
13854UKWH00002BA/543